AF451658

VENTE

du Lundi 29 Janvier 1883

HOTEL DROUOT, SALLE N° 5

A 3 HEURES.

ÉMAUX DE LIMOGES

PORCELAINES

AQUARELLES

PAR

DELPHINE DE COOL

EXPOSITION

Le Dimanche 28 Janvier 1883

de 1 heure à 5 heures 1/2

HOMO ADDITVS NATVRÆ
IMPRIMERIE DE L'ART

CATALOGUE

D'ÉMAUX

DE LIMOGES

PORCELAINES, AQUARELLES

PAR

DELPHINE DE COOL

DONT LA VENTE AURA LIEU

HOTEL DROUOT, SALLE N° 5

Le Lundi 29 Janvier 1883, à 3 heures précises

Par le Ministère de **M° LÉON TUAL,** commissaire-priseur

39, rue de la Victoire, 39

Assisté de **M. GEORGES MEUSNIER,** expert près le Tribunal civil

de la Seine.

27, rue Saint-Augustin, 27

EXPOSITION PUBLIQUE

Le Dimanche 28 Janvier 1883

DE 1 HEURE A 5 HEURES.

CONDITIONS DE LA VENTE

Elle sera faite au comptant.

Les adjudicataires payeront *cinq pour cent* en sus des enchères.

Paris. — Imprimerie de l'Art, J. Rouam, 41, rue de la Victoire.

APPELONS-NOUS en deux mots ce que sont les émaux de Limoges, et combien est difficile l'exécution de ce merveilleux travail dont le secret perdu pendant de longues années a été remis en lumière de nos jours et dans lequel Mme Delphine de Cool a acquis une réputation aujourd'hui universelle.

Sur une feuille de cuivre rouge, convenablement préparée, et recouverte d'une couche d'émail, quelle que soit la couleur, l'artiste commence à apposer des feuilles métalliques d'or, d'argent ou de platine, on fait cuire, puis on remet des émaux translucides de diverses couleurs suivant les tons et l'effet à rendre, on obtient ainsi des effets de pierres précieuses, l'émeraude, le rubis, etc. Comme on le voit, les émaux de Limoges ne sont donc nullement une peinture sur une surface autre que la toile ou le bois. L'émail grisaille : alors le blanc est encore de l'émail avec lequel l'artiste modèle en *relief* sur le fond, car les ombres s'obtiennent par la transparence du fond.

L'émail est donc un art particulier qui a pour base la juxtaposition des émaux de couleur.

L'exposition que nous offrons au public démontrera mieux que nous ne saurions le faire à quel degré de perfection Mme Delphine de Cool a poussé son art, et combien sont justes et mérités les succès obtenus et la grande réputation acquise dans le public et parmi les gens du métier.

DÉSIGNATION DES OBJETS

ÉMAUX DE LIMOGES

1 — **L'Aurore.**

Figure légèrement drapée; on aperçoit le jour qui se lève et éclaire une ville dans le lointain. Émail grisaille rehaussé d'or.

2 — **La Nuit.**

Figure enveloppée d'un voile noir : sous ses pieds, des pavots. Émail grisaille rehaussé d'or.

3 — Première Peine.

Émail sur fond brun légèrement teinté.

4 — Jeune Juive.

Émail brun foncé, paillons et émaux translucides.

5 — Jeune Femme.

Émail noir, robe cramoisie sur or.

6 — Confidence.

Costume Renaissance, paillons et émaux translucides.

7 — Le Billet.

Une jeune fille en costume Renaissance tient un billet, tandis que son page cherche à lire derrière elle. Émail brun avec paillons d'or et de platine.

8 — La Cigarettière.

Émail vert, grisaille et rehauts d'or.

9 — Loin du pays.

Paillons or et couleurs.

10 — Jeune Fille.

Grisaille émail brun.

11 — La Mer.

Émail grisaille.

12 — Jeune Fille.

Émail légèrement teinté.

13 — Le Temps et la Vérité.

D'après Rubens.
Émail noir et grisaille

14 — La Barque du Dante.

D'après E. Delacroix.
Émail brun, grisaille et fond d'or.

15 — La Naissance de Vénus.

D'après A. Cabanel.

Émail noir avec émaux translucides et rehauts d'or.

16 — L'Élévation de la croix.

Triptyque d'après Rubens.

Émail avec paillons d'or et de platine.

17 — La Descente de croix.

Triptyque d'après Rubens.

Émaux translucides avec paillons d'or et de platine.

18 — La Visitation.

Paillons et or.

19 — Enfant.

Émail grisaille et or.

20 — La Nymphe et l'Enfant.

Émail grisaille et or.

21 — Aiguière et son plateau.

Sujet : Une Bataille. Grisaille avec rehauts d'or et de platine.

22 — Petit vase à long col, fond rouge.

Émail grisaille avec rehauts d'or.

PORCELAINES

23 — La Source.

D'après Ingres.

24 — Angélique.

D'après Ingres.

25 — Le Faune et la Nymphe.

D'après Cabanel.

26 — La Naissance de Louis XIII.

D'après Rubens.

AQUARELLES

27 — Reines-Marguerites variées, vase
de nacre.

28 — Reines-Marguerites blanches, et
Géranium sur fond bleu.

29 — Roses thé sur fond bleu.

3o — Reines-Marguerites, mauve clair
et sombre sur fond jaune.

3i — Coquelicots.

32 — Coquelicots et Bleuets.

33 — Pivoines et Boules-de-Neige sur
fond bleu.

34 — Boules-de-Neige et Pivoines, sur
tapis bleu foncé.

35 — Lilas blanc et mauve sur fond
blanc.

36 — Œillets.

37 — Œillets sur tapis bleu.

38 — Pivoines et Iris.

39 — Chrysanthèmes jaunes sur fond
bleu, vase bleu.

40 — Chrysanthèmes roses et tabac sur
fond bleu clair.